Quentin-pblv13

MARVEL

CAPTAIN AMERICA

LE SOLDAT DE L'HIVER

Ce roman a paru en 2014 chez Marvel Press
sous le titre « Captain America, The Winter Soldier »,
basé sur un scénario de Christopher Markus & Stephen McFeely.
Produit par Kevin Feige, p.g.a.
Réalisé par Anthony et Joe Russo.

Olivier Gay pour la traduction.

Marie Drion pour la création graphique.

Hachette Livre, 43 Quai de Grenelle, 75015 Paris

MARVEL

CAPTAIN AMERICA

LE SOLDAT DE L'HIVER

Le roman
du film

hachette
JEUNESSE

STEVE RODGERS
CAPTAIN AMERICA

Après son combat au sein des Avengers, le super-soldat Steve Rodgers tente de s'adapter au monde moderne. Équipé de son célèbre uniforme et de son bouclier en vibranium, Captain America devient un agent du S.H.I.E.L.D., et part en missions secrètes dans les endroits les plus dangereux de la planète.

NATASHA ROMANOFF
BLACK WIDOW

L'espionne connue sous le nom de code « Black Widow », la Veuve Noire, serait prête à suivre Nick Fury n'importe où ! Lorsqu'il l'envoie en mission avec l'équipe S.T.R.I.K.E., Natasha sait qu'elle aura besoin de son talent pour les arts martiaux… et de Captain America !

SAM WILSON
LE FAUCON

Ancien soldat de la Garde nationale, Sam est un homme attentif qui peut se révéler un allié précieux pour Steve. Surtout quand Black Widow et Captain America ont besoin d'aide : il n'hésite pas à enfiler sa combinaison expérimentale EXO-7 Falcon et devient alors... le Faucon !

LE SOLDAT DE L'HIVER

Qui est cet étrange soldat, qui se joue des services d'espionnage depuis plus de cinquante ans ? Même le S.H.I.E.L.D. semble incapable de le cerner ! Captain America va devoir combattre lui-même ce mercenaire non identifié qui s'évanouit dans la nature après chaque action destructrice…

MÉMORANDUM

À : Agent [redacted], S.H.I.E.L.D.
De : Agent Sitwell
Sujet : Le Soldat de l'Hiver

Nous avons retrouvé les dossiers top secret suivants durant notre enquête. Nous les avons obtenus grâce aux techniques d'espionnage les plus avancées du S.H.I.E.L.D. : nanocaméras, micros, caméras de sécurité piratées, ou encore enregistreurs dissimulés dans des objets comme des crayons, des montres, des téléphones et des ordinateurs.

Après mûre réflexion, nous avons accepté de vous donner un accès limité à ces documents. Ils sont vitaux pour la sécurité du

S.H.I.E.L.D. En les étudiant, nous mettons en lumière nos forces et nos faiblesses.

Si vous voulez nous rejoindre, vous devrez analyser ces dossiers et comprendre leur importance pour notre futur et celui du monde.

Cordialement,

Agent Sitwell

DOSSIER #1
Le premier vengeur

Dans une guerre, on se bat avec des armes, mais on gagne avec des hommes.

Général Patton

Le monde est en guerre, et l'Amérique envoie ses jeunes au combat. L'Oncle Sam s'affiche partout pour inciter à s'engager dans l'armée.

Steve Rogers est un gamin chétif de Brooklyn. Il rêve d'être soldat, mais sa faiblesse l'empêche de s'enrôler. Il se rend dans plusieurs centres de recrutement sous de fausses identités, mais la réponse reste la même : « Tu n'es pas assez bon, pas assez fort, pas assez rapide. »

Pas assez.

James Buchanan, ou « Bucky », est le meilleur ami de Steve. Il l'emmène à la World Expo pour lui changer les idées, mais Steve l'abandonne pour se promener dans les allées. C'est là qu'il rencontre le Dr Erskine, un scientifique de génie.

Erskine autorise Steve à rejoindre l'armée à condition d'intégrer un projet très particulier. Désespéré par les nombreux refus, Steve accepte. Qu'a-t-il à perdre ? Il demande au docteur pourquoi il a été choisi, lui qui est petit et faible.

— Parce que ceux qui ont été forts toute leur vie peuvent oublier l'importance de cette puissance, répond Erskine. Un faible, lui, connaît la valeur de la force… et fera preuve de compassion.

Steve rencontre également Peggy Carter, un agent de la Réserve scientifique stratégique qui a, elle aussi, travaillé dur pour gagner le respect de l'armée. Elle n'est pas fragile comme lui… mais c'est une femme, et à cette époque, les femmes sont censées rester à la maison. Peggy, elle, veut se rendre utile.

Très vite, Steve tombe amoureux. Il a l'impression que sa vie vient de commencer !

Après quelques semaines d'entraînement, le docteur explique à Steve qu'il a inventé un produit qui maximisera ses aptitudes physiques : le Sérum du Super-Soldat. Ce sérum fera effet sur ses muscles, mais aussi sur ses cellules, qui se régénéreront pour le protéger. Le métabolisme de Steve fonctionnera quatre fois plus vite que celui d'un humain ordinaire. Le produit amplifiera également chaque caractéristique de son esprit : le bien en lui deviendra extraordinaire, mais le mal empirera.

Steve a la mentalité et la résistance d'un militaire. Il n'a donc pas peur et entre dans le laboratoire. Quand il en ressort, il est devenu un super-soldat avec la force d'une armée tout entière…

Le docteur lui rappelle qu'il ne doit pas oublier qui il était : peut-être pas un soldat parfait… mais un homme bon.

Au même moment, un espion qui assistait à l'expérience sort une arme et abat le Dr Eskine ! L'homme fait partie d'HYDRA, une sinistre organisation qui cherche à conquérir le monde. Son chef est connu sous le nom de Red Skull.

Avant de venir aux États-Unis, le Dr Eskine a vécu en Allemagne, où il a créé une première version du sérum. Il l'a injecté à un soldat, et c'est cet homme qui est devenu Red Skull. Le guerrier au visage rouge et au cœur habité par le mal veut être le seul à posséder un tel pouvoir. Voilà pourquoi il a fait tuer le docteur !

Steve veut se rendre en Europe pour combattre Hydra, mais l'état-major le lui interdit. Les États-Unis se servent de lui comme d'un ambassadeur pour l'armée. Il se transforme en Captain America, un super-héros en chair et en os. Des bandes dessinées parlent de lui, des pièces de théâtre le mettent en scène. Il devient une comédie musicale vivante !

Lorsque Steve est enfin envoyé en Europe, ce n'est toujours pas pour combattre Hydra, mais pour jouer la comédie. Steve est blessé lorsque de vrais soldats se moquent de lui pendant son spectacle. Il apprend que la moitié de la compagnie s'est fait capturer, et il comprend mieux leur mépris. Lorsqu'il découvre que son meilleur ami Bucky fait partie des prisonniers, il décide d'abandonner sa vie de paillettes pour commencer celle d'un véritable soldat.

L'inventeur Howard Stark (père de Tony Stark, le célèbre Iron Man) lui fabrique un bouclier et Steve se jette dans la bataille. Il combat HYDRA, Red Skull, et sauve les prisonniers. Malheureusement, Bucky meurt à ses côtés, lors d'un de ces affrontements, dans un train lancé à pleine vitesse.

Plus tard, Steve s'écrase en Antarctique à bord d'un avion qui servait de bombe à hydrogène. Il est le Premier Vengeur, celui qui a ainsi sacrifié sa vie pour sauver son pays – et le monde.

Soixante-dix ans plus tard, Nick Fury et le S.H.I.E.L.D. se rendent en Antarctique, où ils ont enregistré une anomalie sous la glace. En creusant, ils découvrent… Captain America. Réanimé, encore dérouté par le vingt-et-unième siècle, le super-héros est de nouveau prêt à se battre pour la liberté !

DOSSIER #2
Première rencontre

Le Washington Monument reflète les premières lueurs de l'aube et projette son ombre sur la ville. Pendant que les habitants se réveillent, Sam Wilson court dans les rues désertes. Seul l'écho de ses pas trouble le silence du centre politique des États-Unis.

Sam laisse derrière lui Independance Avenue, puis le Capitole. Il dépasse le Lincoln Memorial, avec sa statue d'Abraham Lincoln qui surveille la ville. Mais il ne s'arrête pas pour apprécier la solitude de cette matinée, ni les célèbres monuments qui enchantent les touristes.

Il court jusqu'au bassin extérieur du centre commercial. D'habitude, l'endroit est noir de monde mais, à cette heure-ci, seul un coureur s'y trouve déjà. Il avance si vite qu'on dirait un fantôme, ou un animal qui bondit sur sa proie. Sam le regarde venir vers lui avec admiration.

— Salut ! crie l'homme en le dépassant.

Sam est décidé à le rattraper. Sa nature compétitive prend le dessus chaque fois qu'il court : il cherche toujours à dépasser les autres sur la route. Mais cette fois, il veut surtout découvrir les secrets de ce magicien...

L'autre le double de nouveau. Et encore une fois. On dirait qu'il fait des cercles pour intimider Sam, de plus en plus déterminé à le rattraper.

— Salut ! répète le coureur.

Sam accélère. Ses pieds martèlent le sol. Il court aussi vite qu'il le peut, dépassant ses limites, jusqu'à ce qu'il soit obligé de s'arrêter pour reprendre son souffle. Ses poumons le brûlent. La sueur lui coule sur le visage.

Il s'assied dans l'herbe, épuisé, en attendant que son rythme cardiaque revienne à la normale.

— Vous avez besoin d'un médecin ?

L'homme se tient devant lui, dégageant un charisme impressionnant.

— Je pense que j'ai besoin de nouveaux poumons, halète Sam.

Son T-shirt est couvert de transpiration. Mais celui de l'inconnu est complètement sec ! Comment peut-il filer aussi vite sans transpirer ? C'est impossible !

— Vous venez de courir vingt kilomètres en trente minutes, ajoute Sam lorsqu'il a retrouvé son souffle.

— J'ai pris un mauvais départ, répond le coureur.

— Sérieusement ? Qu'est-ce qui se passe quand vous en prenez un bon ? Vous rentrez chez vous avant de partir ? plaisante Sam.

L'homme l'aide à se relever et regarde son T-shirt de la Garde nationale.

— Avec quel groupe étiez-vous ? demande-t-il.

— La cinquante-huitième unité de sauvetage en parachute, répond Sam. Mais je travaille au ministère des Anciens Combattants, désormais. Et vous ?

— Dans l'armée.

— L'armée ? Où avez-vous servi ?

— Surtout en Europe.

Sam déglutit. Les États-Unis n'ont pas été impliqués en Europe depuis les années quarante. Ce coureur ne peut être que le célèbre Captain America !

— Vraiment ? Quand ? demande-t-il innocemment.

Captain America réalise que l'homme a compris. Maintenant qu'il est démasqué, il tend la main.

— Steve Rogers.

— Sam Wilson, répond Sam, impressionné.

Il fixe la star militaire qui se tient devant lui sans rien dire. Il n'aurait jamais imaginé le rencontrer un jour !

— J'ai lu des articles sur vous et cette histoire de dégel. Ça doit être bizarre. Je veux dire… je n'ai servi que quatre ans, bredouille-t-il.

Il se sent à la fois admiratif et plein de compassion pour ce soldat parti loin de chez lui.

— Je regarde beaucoup la chaîne Histoire. Et je lis Internet. Pour rattraper mon retard, répond Steve.

— Vous lisez Internet… Vous voulez dire… tout Internet ?

— Il y a beaucoup d'images, plaisante Steve.

Ça ne peut pas être si facile, pense Sam. *Même un super-héros ne peut pas s'adapter facilement à une vie dans le futur. Ça ne marche pas comme ça dans les films.* Et, pour être honnête, Sam lui-même a eu du mal à se réhabituer après ses quatre ans en Afghanistan. Ce n'est jamais facile de revenir à la vie civile.

— Vous avez raté, quoi, la moitié du XXe siècle ? Moi, j'ai juste raté la dernière saison de *Lost*. C'est une série télé, ajoute-t-il en réalisant que Steve ne la connaît pas.

— Je vais noter la référence.

Sam ricane en pensant qu'il plaisante, mais Steve sort réellement un carnet de sa poche et y griffonne le nom de la série. Sam essaie de regarder ce qui est écrit d'autre sur la page. Il pense à tout ce que Steve a manqué quand il était dans la glace : Soundgarden, la nourriture thaïe, *Star Wars*…

Le téléphone de Steve vibre. Celui-ci regarde le message : *Alerte rouge. Extraction imminente.* Il serre la main de Sam.

— On dirait qu'ils ont besoin de moi. Mais c'était sympa de vous rencontrer.

Sam ne veut pas que ce moment s'arrête. Il lance à Steve :

— Si jamais vous voulez passer au ministère pour que j'aie l'air formidable auprès de la fille de l'accueil, prévenez-moi !

— Je m'en souviendrai, répond Steve en souriant.

Une voiture de sport s'arrête brusquement devant eux et une belle femme au visage encadré de cheveux aussi noirs que ses lunettes sort la tête par la fenêtre.

— Est-ce que l'un de vous sait où se trouve le musée Smithsonian? Je dois y récupérer un vieux fossile.

Sam regarde le monument, de l'autre côté de la rue. *Elle n'a pas les yeux en face des trous !* pense-t-il.

La femme sort du véhicule et sourit en enlevant sa perruque. Ses vrais cheveux, roux, révèlent sa véritable identité : Natasha Romanoff, la super-espionne du S.H.I.E.L.D. qu'on surnomme Black Widow. La célèbre Veuve Noire ! Elle salue vaguement Sam :

— Hé !

— Salut, répond ce dernier en essayant de comprendre la scène qui se déroule sous ses yeux.

Steve sourit et rejoint Natasha dans la voiture de sport.

— Courir ne suffit pas toujours, dit-il.

Et ils disparaissent tous deux dans un nuage de poussière.

DOSSIER #3
Otages et disques durs

Le Quinjet vole loin au-dessus de l'océan Indien. Il se cache dans les nuages tel un vaisseau fantôme. À l'intérieur de l'avion ultramoderne du S.H.I.E.L.D., Steve Rogers porte le costume de camouflage de Captain America, qu'il n'utilise que dans les plus dangereuses opérations d'infiltration.

Il est serré entre Black Widow et l'équipe S.T.R.I.K.E. pendant que Brock Rumlow, le leader du groupe, leur donne des informations sur leur nouvelle mission. Sur l'écran défilent des images d'un énorme porte-avions présentant une grande piste d'atterrissage.

— La cible est une plate-forme mobile de lancement de satellites qui s'appelle le *Lemurian Star*. Juste avant le début de la dernière mission prévue, des pirates en ont pris le contrôle, il y a quatre-vingt-treize minutes.

— Qu'est-ce qu'ils veulent ? demande Captain America.

— Un milliard et demi, répond Rumlow.

Steve est choqué par le montant. Personne n'a jamais demandé une telle rançon ! Dans les années 1940, ce chiffre aurait été inconcevable… et il reste très élevé, même à notre époque.

— Pourquoi autant ? s'inquiète-t-il.

— Parce qu'il appartient au S.H.I.E.L.D.…

Captain America fronce les sourcils. Les bateaux du S.H.I.E.L.D. ne sont pas aussi vulnérables, d'habitude. À présent, il comprend pourquoi les criminels demandent autant. En étudiant la carte, il réalise que le porte-avions se trouve dans des eaux dangereuses. Pas étonnant qu'il ait été capturé !

— Le bateau n'a pas dérivé, il a violé les eaux territoriales...

— Je suis sûr qu'il avait une bonne raison pour le faire, déclare Black Widow pour défendre le S.H.I.E.L.D.

— Je commence à en avoir assez d'être le balayeur de Fury, grogne Steve.

Il a l'impression qu'il n'arrête pas de réparer les erreurs du S.H.I.E.L.D.

— Détends-toi. Cette mission-là est simple, reprend Black Widow pour essayer de le calmer.

Mais Captain America est concentré sur l'objectif. Il pointe du doigt des photos satellite d'hommes armés en train de patrouiller sur le pont du navire.

— Combien de pirates ? demande-t-il.

— Au moins quinze, répond Rumlow. Un groupe de mercenaires d'élite.

Il fait apparaître l'image d'un homme à l'écran, puis reprend :

— Ils sont dirigés par Georges Batroc, un ancien de la division « Action » de la DGSE, l'agence de renseignement française. Il a trente-six assassinats à son actif.

Rumlow montre d'autres images de Batroc en Serbie tout en leur détaillant son passé criminel.

— Et les otages ? s'inquiète Captain America.

Rumlow fait défiler les portraits.

— Ce sont surtout des techniciens, explique-t-il. Il y a un officier, Jasper Sitwell. Les pirates les retiennent dans la cambuse.

Steve étudie les plans du bateau. Quelque chose cloche. Que fait Sitwell sur un porte-avions ? Il sait qu'il lui manque une information vitale. Le S.H.I.E.L.D. lui demande de sauver la situation sans jamais lui dire pourquoi.

En quelques secondes, il élabore son plan.

— Je nettoierai le pont et je trouverai Batroc, déclare-t-il. Black Widow, conduis les otages aux canots de sauvetage et évacue-les.

— Équipe S.T.R.I.K.E., vous avez entendu le capitaine, s'exclame Rumlow. Équipez-vous !

— Tu fais quelque chose, samedi ? demande Black Widow à Steve.

— Je fais des abdos, est-ce que ça compte ? rétorque-t-il.

Steve n'aime pas qu'on lui pose des questions sur sa vie privée. Il sait où veut en venir Black Widow, mais il ne souhaite pas avoir de rendez-vous galant.

— Nous avons eu tous les deux beaucoup de temps libre depuis New York. Tu pourrais en profiter pour sortir de chez toi. Tu connais Kristen, au département Statistiques ? Elle serait ravie si tu lui proposais un verre.

— Je ne mélange pas le travail et les relations.

— C'est ennuyeux, puisque tu ne fais que travailler.

Steve n'a qu'une envie : que cette discussion se termine.

— Mon emploi du temps est un peu chargé en ce moment.

Une lumière rouge s'allume. Les portes de la soute s'ouvrent. Un vent violent s'engouffre dans l'habitacle et Steve hurle :

— Tu vois ? Pas le temps !

Il court dans l'avion et bondit par la porte. Les agents se préparent à l'imiter... avant de réaliser qu'il manquait quelque chose à Steve !

— Est-ce qu'il portait un parachute ? demande l'un d'eux.

— Non, confirme Rumlow.

Steve file tel un missile, tête la première, vers le *Lemurian Star.* Au dernier moment, il pivote sur lui-même et plonge dans l'eau, à moins de cent mètres du bateau.

Le grand porte-avions flotte sur les eaux calmes, et la lune se réfléchit sur son pont. Un missile à moitié assemblé repose sous une bâche à tribord.

Captain America sort discrètement de l'eau. Il attrape les chevilles d'un pirate qui monte la garde et l'assomme avec habileté. Malgré l'obscurité profonde en haute mer, Steve se déplace sur le pont sans difficulté. Il se débarrasse d'un second ennemi sans avoir l'air de faire le moindre effort.

D'autres pirates arpentent le pont, mais ils ne peuvent se mesurer au super-soldat ! Celui-ci émerge des ombres et les neutralise l'un après l'autre. Il pense en avoir terminé lorsqu'il aperçoit un dernier pirate qui le vise avec un revolver.

— La voie est libre, murmure Captain America dans son oreillette.

Et l'ennemi s'effondre grâce à Rumlow qui se tient dans une tour juste à côté. Au-dessus de lui, Black Widow et quatre autres soldats en tenue de camouflage libèrent leur ceinture. Leurs parachutes s'envolent dans la nuit, et ils roulent sur le pont avant de se relever, l'arme à la main.

Steve court vers la proue du bateau avec Black Widow. Ils vont récupérer ce porte-avions, et les otages. Captain America est concentré sur la mission, mais Black Widow n'a pas oublié la conversation qu'il croyait avoir terminée.

— Et l'infirmière qui habite sur ton palier ? Elle a l'air sympa.

Elle n'abandonnera jamais ! Steve a déjà bondi hors du Quinjet sans parachute pour lui échapper, mais elle ne semble pas avoir saisi cette subtile allusion.

— Commence par sécuriser la salle des machines, lance-t-il. Tu me trouveras une fille ensuite.

— Je suis multitâche, répond-elle en disparaissant derrière une porte.

Steve atteint enfin la tour de communication. Il escalade un conduit de gaz jusqu'à mi-hauteur, puis sort de sa poche un lanceur de micro et tire en direction du pont. Le micro s'accroche à la fenêtre de la tour de communication. Captain America abrite ses oreilles pour mieux entendre.

Il détecte la voix de Batroc. Ce dernier parle en français, mais Steve comprend cette langue ! Le mercenaire est en train d'appeler la salle des machines.

— Je veux que le bateau soit prêt à partir lorsque la rançon arrivera, déclare-t-il avant de couper la communication.

À l'autre bout du fil, le pirate raccroche, et un coup de pied de Black Widow l'envoie aussitôt au sol. Elle est descendue avec une tyrolienne ! Elle assomme un autre ennemi grâce à son bracelet de Morsure d'Araignée. Deux pirates lèvent la tête, mais Black Widow oscille sur son fil et tombe sur ses adversaires avant qu'ils aient pu réagir. Elle ricane en regardant les corps sur le sol. Un jeu d'enfant.

Pendant ce temps, les otages, y compris l'officier Jasper Sitwell, sont attachés dans la cambuse. Ils sont obligés de rester assis par terre pendant qu'un groupe de pirates armés les surveille. La tension est palpable.

— J'ai besoin d'une pause. Va chercher Jacques, ordonne soudain l'un des pirates à son voisin.

Ce dernier part… mais il ne va pas bien loin. En tournant dans le couloir, il tombe nez à nez avec Rumlow et sa matraque électrique. *PAF !* Le pirate titube en arrière, mais Rumlow le rattrape avant qu'il ne heurte la porte de la cambuse et l'allonge discrètement. Une longue sieste l'attend !

Rumlow reste aux aguets. Dans le silence, il presse un disque de métal contre la porte.

De son côté, Black Widow informe Captain America que la salle des machines est sécurisée. Elle s'est débarrassée de tous les pirates.

Aussitôt, Captain America, Rumlow et les snipers de l'équipe S.T.R.I.K.E. font exploser la porte de la cambuse. En les voyant entrer, Jasper Sitwell réalise qu'il est sauvé.

— Je vous l'avais dit, explique-t-il aux pirates, qui baissent leurs armes, terrifiés. Le S.H.I.E.L.D. ne négocie jamais.

Maintenant que les otages sont en sécurité, Steve part à la recherche du chef des pirates.

Batroc a compris qu'il était en danger. Il entend dans sa radio l'un de ses hommes s'inquiéter d'avoir perdu le lien avec la cambuse. Et quand Captain America s'engouffre dans la salle de contrôle, il est déjà loin... Le super-héros avertit Black Widow :

— Batroc est en fuite. Retourne auprès de Rumlow et protège les otages.

Aucune réponse.

— Natasha ?

Une botte surgie de nulle part frappe Steve en pleine tête.

PAF ! Batroc bondit au moment où Captain America lève enfin son bouclier. Son ennemi frappe du poing et du pied, et repousse Steve contre la cloison. Pris par surprise, Captain America se met tardivement en position de combat.

— Arrête de me donner des coups de pied ! hurle-t-il.

Avec sa force surhumaine, il projette Batroc à travers une porte. L'homme gémit avant de s'évanouir.

Captain America lève les yeux et aperçoit Black Widow devant l'ordinateur.

— Qu'est-ce que tu fais ? demande-t-il.

— Une sauvegarde des données. C'est une bonne habitude à prendre.

— Je t'ai dit de rejoindre Rumlow !

Black Widow ne lui accorde aucune attention et se tourne vers un autre écran. Steve regarde par-dessus son épaule.

— Tu récupères des données du S.H.I.E.L.D., remarque-t-il, hésitant.

Il faut dire qu'il est perdu dès qu'il s'agit de technologie moderne. Black Widow grimace en voyant une icône rouge à l'écran : verrouillé.

— Notre mission, c'est de sauver les otages, continue Steve, concentré sur son objectif.

Sa partenaire connecte un disque dur du S.H.I.E.L.D. à l'ordinateur et corrige :

— Ça, c'est ta mission à toi…

— Tous les otages sont sains et saufs, affirme Rumlow à travers l'intercom.

— … et tu t'es débrouillé comme un chef, continue Black Widow en récupérant son disque. Tu vois ? Pas de problème.

Quelque chose heurte le sol. Captain America se retourne et voit une grenade rouler vers eux. Batroc est en train de s'enfuir !

Le super-soldat repousse la grenade de son bouclier et se jette avec Black Widow contre une fenêtre. Ils passent au travers au moment où l'explosion ravage la salle de contrôle. Une boule de feu jaillit le long du couloir d'acier où les deux compagnons courent aussi vite que possible. Le bouclier de Captain America les protège des flammes et des débris.

Lorsque le calme est revenu, Black Widow se retourne vers Steve.

— Voilà, c'est pour ça qu'on fait toujours une sauvegarde des données.

Le quartier général du S.H.I.E.L.D. surplombe le fleuve Potomac à Washington DC. Le bâtiment a beau se trouver près des eaux calmes, l'intérieur bruisse de l'activité des agents d'élite.

Steve Rogers, vêtu de sa combinaison de camouflage, se tient dans le bureau ultramoderne de Nick Fury, qu'il foudroie du regard.

— Vous ne pouvez pas vous empêcher de mentir, n'est-ce pas ?

— Je n'ai pas menti, se défend Fury. L'agent Romanoff avait juste une mission différente de la vôtre.

— ... et vous ne vous êtes pas senti obligé de m'informer, grince Steve en se penchant vers lui.

— Rien ne m'oblige à faire quoi que ce soit.

— Ces otages auraient pu mourir ! gronde Rogers.

Il est furieux que ces données aient été la cible principale de Natasha. Fury n'est-il pas perturbé par la capture du bateau ? Un officier du S.H.I.E.L.D. se trouvait à bord ! N'a-t-il donc aucune pitié ?

— J'ai envoyé le meilleur soldat de l'histoire pour m'assurer que ça n'arrive pas, répond Nick.

Steve reste insensible à la flatterie. Il force son interlocuteur à baisser les yeux. Son énervement est palpable.

— Les soldats doivent se faire confiance, martèle-t-il. C'est ça, une armée. Pas un groupe qui part dans toutes les directions.

— La dernière fois que j'ai fait confiance à quelqu'un, j'ai perdu un œil, répond froidement Fury. Écoute, je ne voulais pas t'impliquer dans quelque chose qui te dérangerait. Alors que rien ne dérange l'agent Romanoff.

— Je ne peux pas piloter une opération si mes hommes ont d'autres missions, grogne Steve.

Les excuses de Fury ne le calment pas. Il en a assez de n'être jamais informé comme il le devrait. Quand il a dit à Natasha qu'il était fatigué de réparer les bêtises de Fury, il était sincère.

— On appelle ça *compartimenter,* rétorque Nick. Personne ne peut révéler tous nos secrets car personne ne les connaît tous.

— Sauf vous, proteste Steve.

— Mais je partage, déclare Fury avec un sourire diabolique. C'est mon côté sympa.

Le directeur du S.H.I.E.L.D. se lève et quitte son bureau en incitant Steve à le suivre – la conversation n'est pas terminée.

Ils rentrent dans un ascenseur et un radar détecte les deux hommes.

— Baie intérieure, ordonne Fury à l'ordinateur.

— Le capitaine Rogers n'a pas d'autorisation pour ce secteur, annonce une voix synthétique.

— Prise de contrôle par l'administrateur, Fury, Nicholas J., dit-il à l'ordinateur.

Steve a beau être sorti de la glace depuis quelque temps, il continue à s'adapter au monde moderne. Même les ascenseurs sont différents de ceux qu'il utilisait dans les années quarante.

— Avant, il y avait de la musique, déclare-t-il.

— Je sais. Mon grand-père en a fait fonctionner un pendant quarante ans.

Cet ascenseur-là n'est pas ordinaire : il est tout en verre, avec une vue plongeante sur Washington DC. D'accord, il n'y a pas de musique, mais un touriste sortirait sans hésiter son appareil photo devant un tel paysage.

— Mon grand-père travaillait dans un bel immeuble, reprend Nick Fury. Il avait de bons pourboires. Il rentrait à la maison chaque nuit avec un rouleau de billets dans un sac en papier. Lorsqu'il disait bonjour, on le saluait en retour. Le temps a passé. Le voisinage est devenu plus dangereux. Lorsqu'il disait bonjour, on lui répondait de filer. Il serrait son sac de plus en plus fort.

La vue de Washington disparaît, remplacée par des murs. L'ascenseur s'enfonce sous terre, de plus en plus vite. Ils seront bientôt à plus de trois cents mètres sous le sol.

— Il ne s'est jamais fait agresser ? demande Steve.

— Chaque semaine, un nouvel abruti voulait savoir ce qu'il y avait dans le sac...

— Qu'est-ce qu'il faisait ?

— Il leur montrait quelques dollars… et son pistolet, ricane Nick Fury. Grand-Père aimait les gens, mais il ne leur faisait pas vraiment confiance.

L'ascenseur s'arrête enfin et les portes s'ouvrent en sifflant. Steve est stupéfié par ce qu'il voit derrière Fury. Trois énormes

Héliporteurs ! Que fabrique le S.H.I.E.L.D. ? Est-ce qu'il fait partie de leurs plans ?

— Alors, impressionné ? Ils sont un peu plus gros que le revolver de mon grand-père.

Steve ne répond pas, concentré sur les avions. Ils sont plus élancés et plus menaçants que celui dans lequel il vivait avec les Avengers, un modèle plus ancien qui n'est plus produit. En marchant entre les Héliporteurs, Fury donne à Steve toutes les informations :

— Projet Insight. Classe Louxor. Synchronisés avec un réseau de satellites de ciblage.

Les pièces du puzzle s'assemblent. Steve comprend pourquoi les pirates ont attaqué le porte-avions du S.H.I.E.L.D.

— C'est le *Lemurian Star* qui envoie les satellites.

— Et une fois qu'ils sont en orbite, on n'a pas besoin de les ramener, ajoute Fury. Vol continu grâce aux nouveaux moteurs répulseurs.

Steve devine qui est l'inventeur de cette technologie :

— Stark ?

— Il a suggéré quelques améliorations après avoir vu de près nos vieilles turbines, explique Fury.

Lorsque les Avengers étaient réunis dans l'Héliporteur, Iron Man était en effet passé dans le moteur à cause de l'Asgardien Loki.

Steve examine l'armement de l'avion. Le système de ciblage oscille en dessous, et des milliers de petites armes semblables à des aiguilles en sortent.

— Vous allez avoir besoin d'un sacré sac en papier ! commente-t-il.

— Le système unilaser permet d'atteindre mille cibles individuelles à la minute, explique Fury. Sa technologie permet de lire l'ADN d'un terroriste avant même qu'il soit sorti de sa cave. Nous pourrons éliminer les menaces avant qu'elles se manifestent.

Steve n'apprécie pas ce plan, qui n'a pas l'air très éthique... On ne cible pas les gens qui n'ont encore rien fait de mal !

— D'habitude, la punition intervient après le crime, remarque-t-il innocemment.

— On ne peut pas se permettre d'attendre aussi longtemps.

— Qui ça, « on » ?

— Après les événements de New York, j'ai convaincu le Conseil de sécurité mondial que nous avions besoin que de gros progrès soient faits dans l'analyse du danger. Pour une fois, nous prenons de l'avance.

Tout le monde a été choqué par la bataille de New York, mais ce projet va trop loin. Steve s'énerve :

— En menaçant tous les habitants de la Terre ? D'autres que vous ont essayé. Vous savez comment ça se termine... J'ai rejoint le S.H.I.E.L.D. pour protéger les gens, pas pour les menacer.

— J'ai lu les dossiers de la Réserve scientifique et stratégique, grince Fury. Votre génération a fait des choses pas très reluisantes.

— Nous avons fait des compromis. Parfois, nous avions du mal à dormir. Mais nous l'avons fait pour que les hommes soient libres, rétorque Steve en montrant les Héliporteurs du doigt. Ça, ce n'est pas la liberté. C'est la peur.

— Le S.H.I.E.L.D. s'adapte au monde tel qu'il est, pas tel qu'on souhaiterait qu'il soit. Il est plus que temps que vous obéissiez… capitaine !

— N'y comptez pas.

Steve refuse de s'impliquer dans ce genre de stratégie militaire. Bien sûr, une armée doit être prête à tout, mais ce programme est différent. Vraiment différent.

Il part, écœuré, tandis que Fury reste sans rien dire.

De la fenêtre de son bureau, en regardant Captain America quitter les lieux sur sa fameuse moto, Fury sent le poids du disque dur de Natasha dans sa paume. En soupirant, il réalise que le destin du monde est entre ses mains.

— Sécurité, appelle-t-il.

Aussitôt, les fenêtres deviennent opaques. Des boucliers de métal couvrent les portes. Il connecte le disque à son ordinateur.

— Bonjour, directeur Fury, déclare une voix synthétique.

— Ouvre les fichiers des données sur le lancement de satellites par le *Lemurian Star*, ordonne Nick.

— Accès refusé.

— Décode les fichiers, exige-t-il.

— Échec du décodage, déclare la voix monotone de l'ordinateur.

— Prise de contrôle par l'administrateur, Fury, Nicholas J., insiste-t-il, exaspéré.

— Échec de la prise de contrôle. Tous les fichiers sont bloqués.

— Sur l'ordre de qui ? demande Nick.

— De Fury, Nicholas J.

Fury regarde l'image rouge qui clignote sur son écran. Ce n'est pas bon... Pas bon du tout.

DOSSIER #5
Le rêve américain

Même si le monde a cru Steve Rogers mort durant la Seconde Guerre mondiale, les États-Unis ne l'ont pas oublié. Il reste un héros et symbolise le courage du soldat américain.

— Bienvenue dans le musée Smithsonian de l'Air et de l'Espace, déclare une hôtesse en guidant une classe d'enfants le long d'un couloir vers l'aile réservée à Captain America.

Pour Steve Rogers, se réveiller au XXIe siècle après être resté congelé durant soixante-dix ans était un défi, mais voir l'impact que sa vie a eu sur le monde est surréaliste.

Les enfants se faufilent à travers la pièce et se regroupent sous une arche. Ils gloussent de plaisir.

— C'est là, murmure l'un d'eux.

Des dizaines de touristes s'agglutinent autour du monument rouge, blanc, bleu à la mémoire du plus grand soldat des États-Unis. Au centre de la pièce, une fresque représente Captain America faisant le salut. C'est la pièce maîtresse de l'exposition. Un petit garçon se tient devant et regarde son héros. En souriant, il lève sa main droite et salue lui aussi.

Plus loin, le *Spirit of Saint Louis*, le premier avion à avoir traversé l'Atlantique, piloté par Charles Lindbergh, pend au plafond de la salle. Les haut-parleurs jouent « The Star-Spangled Man », la chanson emblématique de Captain America dans les années quarante. Dans un coin de la pièce, Steve se dissimule sous un chapeau à larges bords. Pour des raisons évidentes, il ne veut pas être reconnu.

Une voix profonde résonne dans les haut-parleurs :

— Un symbole d'espoir pour son pays. Un héros aux yeux du monde. Captain America représentait les attributs les plus impressionnants de l'humanité.

Des gamins ricanent en se comparant avec la statue du chétif Steve Rogers. Elle leur prouve que la taille n'a pas d'importance et que seules les bonnes intentions comptent.

— Après s'être vu refuser l'incorporation en raison de sa santé fragile, Steve Rogers a été choisi pour un programme unique dans les annales de la stratégie américaine. Un programme qui l'a transformé en un super-soldat !

Steve écoute. Entendre sa propre histoire est une chose ; la vivre en est une autre. Il se rappelle ce fameux jour où tout a basculé.

L'un des enfants remarque l'homme qui regarde l'exposition, plisse les yeux pour mieux l'observer… et reste bouche bée. Il lève la main pour saluer son idole en chair et en os. Mais Steve pose un doigt sur ses lèvres : oui, il est bien Captain America, mais cela doit rester un secret.

Steve avance vers le chapitre suivant de sa vie, dont il se souvient hélas trop bien. Un mannequin vêtu de son vieil uniforme, avec le bouclier triangulaire et la veste en cuir, guide ses compagnons vers le haut d'une colline artificielle.

— Forgés au feu de la bataille, Captain America et ses Commandos Hurlants ont rapidement gagné leurs galons, déclare la voix synthétique. Leur mission : abattre HYDRA, la division scientifique secrète des nazis.

Steve continue. C'est incroyable d'être ici, avec sa propre vie devant ses yeux. Des souvenirs qu'il n'oubliera jamais et qu'il partage désormais avec le monde entier. Des touristes prennent des photos avec leur téléphone, d'autres posent devant une statue de Captain America... Steve trouve ça amusant. Si seulement ces gens savaient que le vrai se tient derrière eux !

Son sourire disparaît lorsqu'il arrive dans la pièce suivante. Un portrait représente un Steve maigrichon, en train de donner l'accolade à son meilleur ami Bucky. Un sourire éclaire leur visage. C'était le bon temps.

Lorsque le narrateur raconte l'histoire des deux hommes, Steve a l'impression d'être frappé en plein cœur. Certains souvenirs sont simplement trop douloureux.

— Meilleurs amis depuis l'enfance, James Buchanan Barnes et Steve Rogers étaient inséparables, à l'école comme sur le champ de bataille. Depuis le retour miraculeux de Captain America des années plus tard, Barnes est le seul Commando Hurlant à avoir perdu la vie au service de son pays.

Steve grimace en se rappelant les derniers moments de Bucky dans ce train fou en Allemagne. Les hommes de Red Skull avaient organisé une embuscade pour les attraper tous les deux. Bucky avait dû se battre contre des soldats d'HYDRA supérieurs en nombre et mieux armés. Il avait été blessé et était tombé du train avant que Captain America ait pu le sauver.

Steve soupire. À ce moment-là, il n'avait pas été assez fort. Pas assez rapide. Pas assez *super.* Il jure de ne plus jamais être aussi faible.

Steve touche la photo et la plaque sur laquelle est marqué « Tombé au combat » avant de passer dans la dernière pièce. Pas de statues dans celle-ci, pas de plaque ni de scène de guerre. À la place, une grande télévision diffuse un reportage en noir et blanc sur Steve et Bucky, le sourire aux lèvres, loin du combat. Le film montre ensuite Steve en train d'étudier une carte dans la neige. Puis les Commandos Hurlants, qui avancent dans les congères.

Le cœur de Steve se serre devant le visage de Peggy Carter à l'écran. Il était trop orgueilleux à ses débuts. Il a protégé son pays mais n'a pas pu dire à la femme de ses rêves qu'il l'aimait.

— C'était un hiver difficile, déclare Peggy devant la caméra avec son accent anglais.

Steve a déjà vu des photos d'elle depuis qu'il a été ressuscité, mais cela fait si longtemps qu'il n'a pas entendu sa voix... Il reste pétrifié devant l'interview, qui date de 1953. Au bas de l'écran, son titre s'affiche : lieutenant-caporal Peggy Carter, SSR.

— Nous étions en Russie. Le blizzard avait bloqué la moitié de notre bataillon derrière les lignes ennemies. Steve – Captain America – s'est frayé un chemin à travers une brigade d'HYDRA qui empêchait les Alliés de passer depuis des mois. Il a sauvé un millier d'hommes… (Peggy commence à sangloter)… y compris celui qui est devenu mon mari.

Steve s'assoit sur un banc et sort de sa poche un médaillon terni et cabossé. Il l'ouvre et regarde la photo jaunie de Peggy pendant que l'interview continue :

— Même après sa mort, Steve a continué à changer ma vie.

— Je crois que vous êtes la dernière personne à avoir parlé au capitaine Rogers avant que son avion ne s'écrase..., relance le journaliste.

Le silence qui suit est si long que Steve lève les yeux pour voir si le reportage est terminé. Mais non : Peggy se contente de fixer le journaliste sans rien dire.

— Oui, répond-elle enfin.

— Pouvez-vous nous parler de ses derniers mots ?

À l'écran, la jeune femme plonge le regard dans sa tasse de thé sans répondre.

Steve retient une larme. Il est le seul à savoir qu'elle lui avait proposé de sortir avec elle. Il aimerait pouvoir la retrouver au Stork Club comme il le lui avait promis. Devant son passé exposé dans ce musée, Steve se sent comme un dinosaure, un fossile. Il n'arrive pas à s'adapter.

Mais il peut toujours sauver des gens. Aider les autres, ça peut se faire à n'importe quelle époque.

Captain America a beaucoup de temps à rattraper. Il s'efforce toujours de s'adapter à un monde qui possède la télévision. Mais Nick Fury ne lui laisse pas le temps de réfléchir ; il veut que Steve enfile son uniforme de soldat et rejoigne l'équipe qu'il crée. Elle rassemblera des gens si exceptionnels qu'ils pourront gagner des batailles que les humains ne peuvent remporter. C'est le Projet Avengers.

Nick Fury invite Captain America dans le Quinjet du S.H.I.E.L.D. et lui demande de les aider à stopper Loki d'Asgard, l'infâme frère de Thor, qui a volé le Tesseract. Ce vieux cube en forme de cristal a le pouvoir de détruire la Terre et même, selon certains, l'univers entier. Loki a prévu de concentrer son énergie pour attaquer New York.

Les Avengers comptent des super-héros comme Thor, Hulk ou Iron Man et des agents comme Black Widow, Hawkeye… et désormais Captain America. Plusieurs membres de l'équipe d'élite pensent que ce dernier n'est pas prêt, que sa longue congélation a émoussé son esprit combatif… Sans compter qu'il ne connaît rien à la technologie moderne.

Ce n'est pas le cas du génie milliardaire Tony Stark, aussi connu sous le nom d'Iron Man. Même si Steve a connu le père de Tony, qui a créé son célèbre bouclier en vibranium, les deux super-héros n'arrivent jamais à s'entendre. Chaque fois que Steve ouvre la bouche, Tony réplique avec ironie. Steve suit les ordres, alors que Tony ne cesse de désobéir.

Pourtant, ils sont d'accord sur un point : arrêter Loki.

Les Avengers ont l'habitude de combattre le mal, mais ils ne s'attendaient pas à l'armée extraterrestre de Loki. Le combat est épuisant, et la victoire est incertaine. Les créatures commandées par Loki bombardent New York sans relâche. L'Asgardien utilise le Tesseract en haut de la tour Stark pour ouvrir un portail et convoquer les monstres. Une armée presque infinie d'ennemis, les Chitauris, jaillit alors du portail.

Tout en combattant ces extraterrestres armés jusqu'aux dents, les Avengers doivent s'occuper des milliers de gens présents dans les rues de la ville. Pendant que quelques super-héros affrontent les Chitauris dans les cieux, Captain America et Black Widow restent au sol pour permettre aux innocents de fuir. Ils accompagnent les civils à travers les rues de New York jusqu'à des endroits plus sûrs.

Tous combattent comme des frères d'armes. Lorsque l'un d'eux tombe, un autre l'aide à se relever. Ils forment une équipe. Ils sont les Avengers !

Mais ils sont débordés : leur seule chance de gagner est de fermer le portail. Soudain, le Conseil de sécurité mondial lance un missile nucléaire en direction du cœur de Manhattan contre l'avis de Fury !

Iron Man intercepte le missile et décide de le dévier vers le seul endroit où l'explosion pourrait les aider : le trou noir des Chitauris.

Le super-héros file vers le trou noir en poussant son armure au maximum. Il atteint l'autre côté et lance le missile sur le vaisseau amiral. En explosant, la bombe détruit celui-ci et laisse les forces chitauris sans commandement. L'armure de Stark n'a plus d'énergie, et il chute vers la Terre… mais Hulk le sauve de justesse !

Grâce à cela, Captain America découvre une facette de Stark qu'il ne connaissait pas, et il commence à le respecter pour son esprit de sacrifice, comme un vrai soldat.

Captain America a dirigé une équipe de super-héros contre un ennemi commun et remporté la bataille, mais de nombreux autres combats suivront.

Il est prêt à défendre son pays… et le monde.

Après leur course, Sam Wilson et Steve Rogers font une petite pause pour faire connaissance.

L'agent du S.H.I.E.L.D. Natasha Romanoff les interrompt : elle vient chercher Steve !

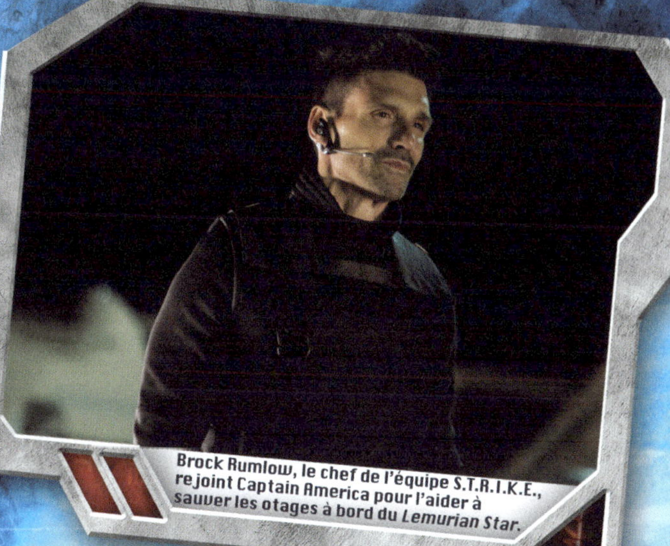

Brock Rumlow, le chef de l'équipe S.T.R.I.K.E., rejoint Captain America pour l'aider à sauver les otages à bord du *Lemurian Star*.

Georges Batroc exige une grosse rançon contre ses otages... Mais le S.H.I.E.L.D. ne veut pas négocier.

Black Widow a sa propre mission : récupérer les données du S.H.I.E. L.D. contenues dans l'ordinateur central du bateau.

Nick Fury, le directeur du S.H.I.E.L.D., explique à Captain America que la mission concernait d'importantes données.

La prochaine mission du S.H.I.E.L.D., « projet Insight », doit stopper de futures attaques… avant qu'elles ne commencent. Pour Steve, c'est immoral.

Le véhicule de Fury est attaqué !

Fury s'est déjà enfui quand un homme masqué se rapproche : c'est le Soldat de l'Hiver, et Captain America est sa prochaine cible !

Quand Sam Wilson apprend que Captain America est en danger, il lui révèle le secret de sa combinaison EXO-7 Falcon !

DOSSIER #7
Un service

Dans les profondeurs du sous-sol de Washington, Fury entre dans un ascenseur sécurisé. Il se penche sur le scanneur rétinien, qui authentifie son seul œil valide.

— Conseil de sécurité mondial, déclare Fury.

Les portes se ferment et le moteur s'allume. L'ascenseur monte si haut qu'il surplombe bientôt la ville.

Au cinquantième étage, une réunion très importante se tient dans les locaux du

Conseil. Quatre hologrammes représentent des membres du conseil : les conseillers des États-Unis, de l'Inde, de la Chine et de la Grande-Bretagne. Tous sont puissants. Tous ont leurs propres objectifs. Tous sont en colère contre le S.H.I.E.L.D.

— Cet échec est inacceptable, déclare le représentant chinois.

— Vu que l'attaque s'est déroulée à un kilomètre de nos eaux territoriales, c'est pire qu'inacceptable, affirme le conseiller indien en se penchant en avant. J'exige des auditions immédiates !

— Ce ne sont pas des auditions dont nous avons besoin, mais d'actions, affirme le membre britannique. C'est notre rôle de piloter le S.H.I.E.L.D. Une telle erreur pose de sérieuses questions.

L'Américain n'a pas l'air content.

— Des questions comme : comment un pirate français a-t-il réussi à kidnapper un bateau du S.H.I.E.L.D. sous notre nez ?

Pendant que les quatre hologrammes se disputent, le seul humain réellement présent, le secrétaire Alexander Pierce, se racle la gorge.

— Pour information, cet homme est algérien, corrige-t-il avec un sourire froid. Je peux vous dessiner une carte, si cela vous aide.

Les autres se taisent, et Pierce reprend la parole :

— Je n'ai pas besoin de vous rappeler que, même dans les meilleurs jours, le monde est difficile à gérer. Et dans les pires… eh bien, c'est encore pire. Si ce conseil a l'intention de se disputer à chaque problème… alors, c'est peut-être nous qui avons besoin d'être contrôlés.

Rappelés à l'ordre comme des enfants, les membres du conseil grimacent. Un assistant entre dans la pièce et murmure à l'oreille de Pierce.

— De nouveaux ennuis, secrétaire ? demande le Britannique.

— Tout dépend de ce que l'on appelle « ennuis », répond Pierce en souriant.

Il se lève et quitte la salle pour rejoindre son ami Nick Fury dans le hall.

— Je travaille à seulement quarante étages de toi, et il faut un kidnapping pour que tu viennes me rendre visite ?

— Je viendrais aussi en cas de guerre nucléaire, plaisante Fury.

— On ne pourrait pas se contenter de Noël ?

— J'ai un service à te demander, annonce Nick, soudain sérieux. Et c'est un gros service.

— J'écoute... et j'ai peur d'avance, répond Pierce en perdant son sourire.

— J'aimerais que tu provoques un vote pour repousser le projet Insight.

— Le repousser ? grince Pierce. Ça va demander une réunion, et une sacrément longue !

Fury essaie de le rassurer :

— Ce n'est peut-être rien. Mais j'ai besoin d'un peu de temps pour m'en assurer.

— Mais s'il y a quelque chose ? demande Pierce.

— Alors, nous serons tous les deux soulagés que ces Héliporteurs ne soient pas opérationnels.

Pierce regarde Fury quelques secondes en réfléchissant à sa demande. Il rompt enfin le silence.

— OK, mais tu me dois un repas. Et pas à la cantine du S.H.I.E.L.D.

— Merci, chef, répond Nick en hochant la tête.

— Attends un peu avant de me remercier, prévient Pierce en se détournant pour rejoindre sa réunion.

DOSSIER #8
Donnant-donnant

— Un flic m'a arrêtée la semaine dernière, déclare une femme du groupe de soutien des vétérans. Il a cru que je conduisais en état d'ivresse.

Sam la regarde se tordre les mains et l'écoute avec attention. Il lui fait signe de continuer et elle reprend :

— J'avais tourné brutalement pour éviter un sac en plastique. Je pensais que c'était un explosif… alors que nous étions à Falls Church, en Virginie !

Sam hoche la tête. Il comprend trop bien à quel point c'est une seconde nature pour un ancien soldat de se méfier de tout. Il se tourne vers le groupe et déclare :

— Il y a des choses qu'on laisse là-bas…et d'autres qu'on ramène chez nous. Notre boulot, c'est de comprendre comment les porter.

Sam aperçoit Steve qui se glisse dans la pièce par une porte de derrière. Il abrège :

— Est-ce que votre fardeau sera lourd ou léger ? Le choix vous appartient…

Il remercie le groupe, et la réunion se termine. Steve regarde partir les vétérans et leur sourit. Sam s'approche de lui.

— Regardez qui voilà ! Le coureur !

— C'était une réunion pleine d'émotions, observe Steve en aidant Sam à rassembler les chaises.

— Beaucoup d'entre nous sont rentrés avec les mêmes problèmes, vous comprenez ? La culpabilité… les regrets…

Sam se tait, ému. C'est comme si la réunion recommençait et qu'il était au centre du cercle. Steve décide de se livrer, lui aussi :

— J'ai grandi avec un ami très proche. On était toujours ensemble.

Sam devine au ton de Steve que cet ami a fait l'armée avec lui.

— Il a survécu ? demande-t-il.

— Mort au combat...

Le silence s'impose un instant, puis Steve reprend :

— J'ai vécu beaucoup de choses, mais rien ne m'a plus affecté que de perdre Bucky.

Sam comprend très bien. Il fixe Steve droit dans les yeux.

— On se bat pour nos gars, vous savez ? Quand ils meurent, une partie de nous meurt aussi.

— Vous avez perdu quelqu'un, vous aussi ? demande Steve.

— Mon équipier, Riley. C'était une mission de nuit, une opération de sauvetage classique comme on en avait déjà fait mille fois. Jusqu'à ce qu'un missile détruise son avion... Je n'ai rien pu faire. Comme si je ne pouvais qu'être spectateur.

— Je suis désolé, dit Steve.

— Après ça, j'ai eu du mal à trouver une raison de voler de nouveau.

— Et la vie civile vous plaît ?

— La nourriture est meilleure, plaisante Sam. Et plus personne ne me donne d'ordres. Alors, on va dire que oui, elle me plaît.

Il range la dernière chaise et réalise soudain que ce n'est pas une conversation banale.

— Vous envisagez de quitter l'armée ? demande-t-il.

— Non… je ne sais pas, murmure Steve. Qu'est-ce que je deviendrais si je faisais ça ?

— Vous feriez du catch ? Enfin, c'est juste la première idée qui me vient à l'esprit.

En voyant que Steve ne rit pas, Sam cherche une réponse plus sérieuse :

— Vous pourriez faire tout ce que vous voulez. Qu'est-ce qui vous rendrait heureux ?

Steve réfléchit quelques secondes.

— Je ne sais pas.

DOSSIER #9
Embouteillages

Nick Fury conduit son break noir du S.H.I.E.L.D. plus rapidement que d'habitude, et Washington défile par sa fenêtre. Un système électronique complexe appelé HUD affiche des informations sur son pare-brise. Il lit les plaques d'immatriculation des voitures. Il scanne les visages des passants et déroule leur histoire entière sous les yeux de Fury. Mais il ne prête aucune attention à ces données sans fin. Les remarques de Steve le perturbent. Est-ce que Captain America a raison ? Est-ce que le projet Insight risque de mettre plus de vies en danger ?

Nick soupire.

— Ouvre la connexion sécurisée 0405, ordonne-t-il au HUD.

Une image en temps réel de Maria Hill, son adjointe, apparaît dans un coin du pare-brise.

— J'ai besoin de toi à Washington, déclare Fury. Conditions Deep Shadow.

— Donne-moi quatre heures, répond Hill.

— Tu en as trois.

BOUM ! Une voiture de police s'écrase soudain contre la portière de Nick, et son véhicule part faucher une boîte aux lettres et heurter un poteau électrique. Fury est secoué mais indemne, grâce à sa ceinture. Il lève les yeux... et voit une autre voiture de police venir heurter son break – par l'avant cette fois. Puis une troisième le harponne à l'arrière !

Fury se dégage de l'Airbag qui vient de le protéger. Des fragments de données défilent sur son pare-brise fendillé. Des chiffres et des couleurs clignotent, et un signal d'alarme rouge pulse dans un coin.

— Fracture de l'os ulna détectée, déclare une voix synthétique tandis que le bras de Fury apparaît sur le HUD fissuré.

Un kit de premiers secours sort d'un tiroir caché. Fury s'empare d'une seringue et la plante dans son bras pour atténuer la douleur de sa blessure, au moins temporairement. Il regarde la première voiture, qui fait marche arrière. Est-ce qu'elle va de nouveau foncer sur lui ? Nick se prépare au choc…

Soudain, un van du SWAT s'arrête près de lui et des soldats en armure complète en sortent avec des fusils automatiques. Le verre pare-balles gémit sous les milliers d'impacts !

— Sors-nous de là ! ordonne Fury au HUD.

— Système de propulsion hors d'usage, répond l'ordinateur. Redémarrage en cours.

Les fusils cessent de tirer. Fury a à peine le temps de respirer que deux policiers descendent à leur tour du véhicule et amènent un appareil menaçant à côté de sa voiture. Des pieds métalliques s'accrochent au goudron.

BOUM ! Le bélier sophistiqué heurte la fenêtre de Fury.

— Protection à 52%. Portière endommagée, déclare l'ordinateur.

— Tu m'en diras tant ! grince Fury. Combien de temps avant la propulsion ?

— Calcul en cours.

Le bélier vibre en se remettant en position. Il frappe de nouveau la voiture. *BOUM !*

— Protection à 31%. Contre-mesures en cours de…

— Non ! hurle Fury.

BOUM ! Le verre commence à se briser. Des dizaines de policiers s'approchent de la portière endommagée.

— Protection à 19%. Contre-mesures conseillées, déclare l'ordinateur.

— Attends, insiste Fury.

Il regarde les policiers s'approcher encore. Le logiciel de reconnaissance faciale n'identifie personne. Le bélier frappe de nouveau. *BOUM !*

— Protection à 1%. Destruction imminente.

— Attends, répète Nick.

L'écran vidéo clignote.

— Contre-mesures activées.

Un fusil d'assaut jaillit de la console, et Fury ouvre le feu, faisant exploser le verre et reculer les « policiers ». Il attrape un lance-grenades et vise le van, qui vole en arrière. L'ordinateur de bord se rallume.

— Redémarrage terminé. Système de propulsion opérationnel.

— Accélération maximale ! hurle Fury.

La voiture bondit en avant, en pilotage automatique. Heureusement, car le pare-brise est en morceaux !

— Les ennemis nous poursuivent, déclare l'ordinateur.

Fury se retourne et voit en effet les policiers démarrer à toute vitesse.

— Décollage vertical, ordonne-t-il.

— Système de vol endommagé.

— Alors active les caméras de guidage et redonne-moi le contrôle, commande Fury.

Il s'empare du volant et un petit écran vidéo surgit devant lui. Des caméras se mettent en marche sur chaque côté du véhicule, lui permettant de conduire à travers la circulation.

— Nombreux piétons à cinquante mètres, déclare l'ordinateur.

Fury les évite de justesse et klaxonne de toutes ses forces. Deux voitures de police l'encadrent. Un tireur se penche pour le viser, mais Fury esquive l'attaque. Il sort à moitié par la fenêtre et donne un coup de poing à l'ennemi, qui s'effondre en arrière. Les trois voitures filent sur la route, désormais étroitement serrées.

— Croisement proche, prévient l'ordinateur. Accidents multiples à prévoir.

Fury freine violemment. Ses agresseurs sont incapables de s'arrêter à temps. Leurs pneus gémissent et fument. *BOUM !* Les voitures s'écrasent les unes contre les autres et la circulation s'arrête brutalement.

Fury tourne au coin de la rue. Sa caméra arrière ne lui montre plus de poursuivants. Il s'en est sorti !

Mais soudain, la voix synthétique annonce :

— Obstacle droit devant. Quatre-vingt-dix mètres. Origine inconnue.

L'écran de Fury revient à une vue de l'avant : un homme masqué se tient au milieu de la route avec un lance-roquettes high-tech ! L'assassin tire, et un disque noir file dans la rue.

— Projectile en approche.

Le disque explose sous le véhicule, qui part en tonneaux avant de glisser le long de la chaussée. Des étincelles jaillissent dans tous les sens, et Fury se protège les yeux. La voiture s'arrête enfin, sur le capot. Nick est retenu par sa ceinture. Son écran s'éteint. Dans le rétroviseur gauche, il aperçoit des bottes noires qui approchent.

L'assassin marche tranquillement jusqu'à la voiture, le visage toujours dissimulé. Les bris de verre crissent sous ses bottes.

Fury tend désespérément la main vers ses manettes de contrôle.

L'assassin lâche son lance-missiles pour sortir un pistolet. De son autre main, entièrement faite de métal, il arrache la portière de la voiture. Mais Fury n'est plus là. À la place, il n'y a qu'un cercle parfait de lumière verte, là où il a creusé un trou, dans le toit de sa voiture et dans la chaussée. L'assassin scrute l'ouverture. Il entend les égouts qui clapotent en dessous.

Fury lui a échappé. Pour l'instant.

DOSSIER #10
Coups de feu

La nuit est calme, les habitants de la capitale se préparent à dormir. Soudain, le grondement sourd d'une moto trouble la paix du voisinage. Steve Rogers se gare devant son immeuble et coupe le moteur. Le silence retombe sur la ville.

Il monte jusqu'au deuxième étage et croise Kate, une jolie infirmière qui vit sur le même palier. Elle sort de son appartement, sa lessive dans les bras, son téléphone coincé entre l'oreille et l'épaule.

— Vraiment ? dit-elle en luttant pour fermer la porte. Il a fait ça ? C'est si gentil ! (Elle remarque Steve et lui sourit.) Il faut que je file, maintenant. Dors bien, d'accord ? Ne reste pas debout trop tard !

Elle raccroche et explique :

— Ma tante. Une insomniaque...

Steve hoche poliment la tête. Il a eu une dure journée, mais il ne veut pas paraître insensible.

— Vous rentrez plus tard que d'habitude, continue Kate. Enfin, ajoute-t-elle précipitamment, je ne surveille pas vos allées et venues comme une psychopathe !

— C'est toujours agréable quand quelqu'un fait attention à vous, répond Steve. Vous savez, si vous voulez… vous pouvez utiliser ma machine à laver. Elle est un peu moins chère que celle de la cave.

— Tiens donc ! Et ça me coûterait combien ? demande Kate avec un sourire.

— Une… tasse de café ? suggère-t-il timidement.

— Merci, mais j'ai déjà une machine qui

tourne en bas, répond Kate en riant. Et puis vous ne voudriez pas avoir mon linge chez vous. Je viens de travailler dans l'aile des maladies infectieuses.

Steve hoche de nouveau la tête. Il se sent à la fois soulagé et déçu.

— Je resterai à distance, dans ce cas.

— Pas trop, j'espère, réplique Kate.

Elle commence à descendre les escaliers mais se retourne une dernière fois.

— Au fait, je crois que vous avez laissé votre radio allumée.

— Ah ? Merci, répond Steve en la regardant disparaître.

Il entend en effet un morceau de jazz des années quarante qui filtre à travers la porte.

Steve se précipite au bout du couloir et emprunte l'escalier de secours. Il atteint la fenêtre de sa cuisine, l'ouvre discrètement et se faufile dans son appartement. Puis il attrape son bouclier. Sur le sol, de petites gouttes de sang mènent au salon. Il rampe jusqu'au canapé et découvre un homme dissimulé dans l'ombre. Nick Fury !

— Je ne me rappelle pas vous avoir donné une clé, déclare Steve en abaissant son bouclier.

— Vous pensez vraiment que j'en ai besoin d'une ? marmonne Fury.

Steve allume la lumière pour mieux voir les blessures du directeur, mais Nick se redresse et l'éteint de nouveau.

— C'est tout le problème, avec vous, affirme Steve en s'apprêtant à arrêter la musique.

Fury lui fait de grands signes en montrant son téléphone portable, dont l'écran affiche : « Les murs ont des oreilles. »

— Je suis désolé, déclare-t-il en adressant un clin d'œil à Steve. Je n'avais pas d'autre endroit où aller.

Il touche son écran, qui affiche un nouveau message : « Le S.H.I.E.L.D. est infiltré. » Puis : « Il n'y a que toi et moi. »

— Que mes amis, complète Fury.

— C'est comme ça que vous nous considérez ? demande Steve.

Nick Fury se lève.

— Ça dépend de t…

La fenêtre vole en éclats, l'interrompant brusquement. Quelqu'un lui a tiré dessus ! Il s'effondre, mais Steve le rattrape *in extremis.*

— Nick !

Il le traîne dans la cuisine et regarde par la fenêtre. Un homme masqué s'enfuit. Steve veut le poursuivre, mais Fury lui attrape la main.

— Ne… fais confiance… à… personne, parvient-il à articuler avant de s'évanouir.

Steve regarde sa main : Nick vient de lui remettre un disque dur.

Soudain, la porte explose, et Kate bondit dans la pièce en brandissant un pistolet.

— Qu'est-ce que… ?! s'exclame Steve.

Sa voisine s'agenouille auprès de Fury et comprime sa blessure.

— Foxtrot est à terre et inconscient, annonce-t-elle dans une oreillette. Faites venir d'urgence des médec...

— Bon sang ! Qui êtes-vous ? l'interrompt Steve.

— Agent 13, des services spéciaux du S.H.I.E.L.D., répond Kate. Ma mission est de vous protéger.

— Sur ordre de qui ? insiste Steve.

Elle regarde Fury, qui respire à peine.

— Le sien.

Son oreillette siffle, puis une voix demande :

— Est-ce qu'on a pu identifier le tireur ?

Steve retourne à la fenêtre et aperçoit une ombre qui se déplace sur le toit adjacent.

— Dites-leur que je suis à sa poursuite ! lance-t-il.

Il saute par la fenêtre, son bouclier en avant, et file derrière l'homme masqué. Il court le long du toit de l'immeuble, bondit au-dessus d'une rue et passe au travers de la vitre d'un autre immeuble. Il roule sur le sol et se redresse avant de traverser des bureaux à toute vitesse.

Il brise une porte après l'autre sans que rien le ralentisse. Dans le hall de l'entreprise, il perçoit une ombre qui tombe sur lui. Il lève les yeux juste à temps pour voir l'homme masqué passer par un vasistas.

Steve dépasse plusieurs fenêtres qui donnent sur la ville endormie. Il ne peut pas laisser cette menace s'échapper ! Il accélère et franchit la porte d'une salle de conférences. À travers la baie vitrée, il aperçoit l'assassin qui bondit sur un immeuble voisin.

Steve prend quelques pas d'élan et se jette à travers le verre jusqu'à un toit en contrebas. Il lance son bouclier avec une telle force que son sifflement retentit dans tout le voisinage.

L'homme masqué se retourne. *CLANG !* Il rattrape sans difficulté le bouclier en plein vol. Steve en reste bouche bée. Comment est-ce possible ? Personne n'a jamais réussi à arrêter son arme. Ni Loki, ni les Chitauris… ni même Iron Man !

Il réalise alors que l'homme a un bras entièrement fait de métal ! L'assassin lui renvoie son bouclier avec tant de force que Steve recule de plusieurs mètres en l'attrapant.

Lorsqu'il retrouve son équilibre, l'assassin a disparu. Steve marche jusqu'au bord du toit et regarde Washington en dessous de lui. Des lumières et des sirènes se dirigent dans sa direction.

Il a échoué. Il a manqué à ses obligations envers Fury, envers le S.H.I.E.L.D.... et envers les habitants de sa ville.

DOSSIER #11
Un homme à terre

Une voiture de sport freine brutalement devant l'hôpital du centre de Washington, et Natasha bondit vers la porte. Un policier tente de l'arrêter.

— Seul le personnel autorisé peut…

Natasha ne lui laisse pas le temps de finir : d'un cou de pied, elle le projette au sol avec facilité. Les autres gardiens sortent leurs armes.

— Je vous le déconseille, messieurs, déclare l'agent Sitwell en sortant de l'hôpital.

Natasha entre en courant dans le hall. Elle suit le couloir jusqu'au secteur sécurisé des urgences, puis s'arrête net, l'air soudain perdue. Elle vient d'apercevoir le pâle visage de Nick Fury à travers un hublot, entouré d'une demi-douzaine de chirurgiens. C'est un homme vers lequel elle se tourne tout le temps. Son mentor. Son ami. De la famille…

Dans un coin, elle aperçoit Brock Rumlow qui murmure dans son téléphone, pendant que Steve parle discrètement avec Maria Hill. Elle serre les dents et demande :

— Est-ce qu'il va s'en sortir ?

— Je ne sais pas, répond Maria, épuisée par les événements de la journée.

— Parlez-moi de l'homme masqué.

— Il était rapide, déclare Steve. Et fort. Il avait un bras de métal…

Ce détail rappelle quelque chose à Natasha. Un bras de métal… Elle se tourne vers Maria.

— Et l'analyse balistique ?

— Trois cartouches. Pas de rayures. Complètement intraçables.

— De fabrication soviétique ? demande Natasha en déglutissant.

— Oui...

Maria est surprise que l'agent Romanoff soit au courant car elle est la seule à détenir cette information.

Natasha fait signe à Steve de la rejoindre dans le couloir. Un employé est en train de remplir un distributeur de chewing-gums.

— Qu'est-ce que Fury faisait chez toi ? demande-t-elle à voix basse.

— Je ne sais pas.

— Pourquoi est-ce que tu mens ? insiste-t-elle.

Rumlow les interrompt :

— Cap', ils ont besoin de toi au QG du S.H.I.E.L.D.

Steve hoche la tête. Il passe devant le distributeur et se tourne vers Natasha.

— Je vais attraper ce gars, je te le promets.

Personne n'a remarqué qu'il vient de glisser dans le distributeur de chewing-gums le disque dur que Fury lui a donné.

L'employé referme la porte en verre de la machine avant de partir. Qui cherchera le disque ici ? Personne. C'est exactement ce que veut Steve.

DOSSIER #12
Envahissez le sous-sol

Plusieurs hélicoptères solidement armés tournent autour du QG du S.H.I.E.L.D., prêts à intervenir. Le directeur se trouve à l'hôpital dans un état critique, et un assassin masqué court toujours... Qui sait ce qui peut se passer ?

Steve, de nouveau en combinaison de camouflage de Captain America, surgit de l'ascenseur pour se rendre au bureau du directeur. L'agent 13 en sort au moment même où il pose sa main sur la poignée et lui lance au passage un regard embarrassé. Steve hausse les épaules et entre. Pierce se tient là, à regarder Washington comme Fury le faisait.

— Capitaine, je suis Alexander Pierce.

Steve lui serre la main.

— Monsieur, vous étiez secrétaire d'État sous deux présidences. J'ai peut-être été congelé, mais je sais qui vous êtes. C'est un honneur.

— Tout l'honneur est pour moi, capitaine. Mon père a servi dans le 101e bataillon.

Steve remarque quelques photos et s'avance pour les regarder. Il s'arrête devant le cliché d'un Nick Fury bien plus jeune (avec ses deux yeux), une main sur la Bible, prêtant serment devant Pierce.

— On s'est rencontrés il y a cinq ans, explique ce dernier. J'étais au département d'État à La Paz. Des rebelles ont envahi l'ambassade. La sécurité m'a évacué, mais les rebelles ont pris des otages, dont ma fille. Nick était responsable d'une antenne du S.H.I.E.L.D. Il est venu me présenter un plan pour attaquer le bâtiment par les égouts. J'ai refusé en lui disant que nous allions négocier.

Pierce retourne à la fenêtre et regarde au-dehors avant de reprendre.

— Finalement, les rebelles n'ont pas négocié. Ils ont donné l'ordre de tuer tout le monde, envahi le sous-sol… et l'ont trouvé désert. Nick avait ignoré mon ordre direct. Il a organisé une opération militaire non autorisée en terrain étranger… et il a sauvé la vie de ma fille.

— Du coup, vous l'avez promu, sourit Steve.

Pierce hoche la tête.

— J'ai besoin de votre aide, capitaine. Nick nous a laissés avec plusieurs… interrogations. Pour commencer, pourquoi est-il allé chez vous hier soir ?

— Je n'en suis pas sûr, répond Steve.

— Vous savez qu'il y avait des micros ?

— Oui. Fury me l'a dit.

— Est-ce qu'il vous a dit que c'était lui qui les avait installés ?

Le silence retombe. De nouveau, Steve ne comprend plus rien. Que se passe-t-il ? Pourquoi Nick n'a-t-il pas mentionné ça hier ?

Pierce se penche en avant.

— Nick m'a demandé de m'occuper du Conseil de sécurité mondial parce que nous sommes tous les deux réalistes : nous savions que ce travail ne se basait pas sur une idéologie, mais sur ce qu'il faut faire aujourd'hui, ici et maintenant.

— Comme m'écouter prendre mon petit déjeuner, commente Steve, agacé.

— Je veux que vous regardiez ça, continue Pierce avec un léger sourire.

Il allume un écran sur le mur, qui montre des agents du S.H.I.E.L.D. en train d'interroger Batroc dans une cellule grise.

— C'est en direct ? demande Steve, incrédule.

— Oui. Les agents l'ont retrouvé à Alger.

— Batroc ne fait pas dans l'assassinat, observe Steve.

— C'est plus compliqué que ça, explique Pierce en lui tendant un rapport. Batroc a été embauché anonymement pour attaquer le *Lemurian Star.* L'argent est passé par dix-sept comptes fictifs. Le dernier était celui d'une compagnie dont le président est Jacob Veech.

— Je suis censé le connaître ? demande Steve.

— Probablement pas. Il est mort il y a six ans. Sa dernière adresse était le 1435, Elmhurst Drive.

Pierce marque une pause et regarde Steve avant d'ajouter :

— Quand j'ai rencontré Nick pour la première fois, sa mère vivait au 1437.

La personne qui a payé Batroc pouvait-elle connaître Nick ? se demande Steve.

— La moitié du conseil pense que c'était un moyen de faire échouer le projet Insight, soupire Pierce. L'autre moitié croit que ce détournement était une couverture pour acheter et vendre des informations secrètes. Vous êtes la dernière personne à l'avoir vu.... Est-ce qu'il vous a dit quelque chose qui pourrait nous aider ?

Steve se souvient de ce que Fury lui a dit sur la confiance. Il se demande ce qu'il y a sur le disque dur. Il pense à Nick, allongé sur un lit d'hôpital, combattant pour sa vie.

Il regarde la photo de Fury jeune, puis celle, plus récente, où il porte un bandeau. Son œil unique foudroie Steve.

— Il m'a dit de ne faire confiance à personne, rapporte-t-il finalement.

— Je me demande s'il s'incluait là-dedans, répond Pierce.

Ils se regardent. Aucun d'eux ne semble lâcher de terrain.

— Vous savez que je suis directeur par intérim du S.H.I.E.L.D., reprend enfin Pierce, et je vous ai posé une question sérieuse.

— Je suis désolé, monsieur. C'est tout ce qu'il a dit.

Steve se prépare à partir, mais la voix de Pierce l'arrête :

— Capitaine ? Comprenez bien cela : je vais utiliser tous les outils en ma possession pour trouver la personne responsable de la blessure de Fury.

Steve ne répond pas. *Moi aussi,* pense-t-il simplement.

DOSSIER #13
La traque

Un homme en jogging et sweat-shirt à capuche avance dans l'hôpital. Lorsqu'il atteint le distributeur de chewing-gums, son visage – celui de Steve Rogers – se reflète dans la vitre de la machine. Il doit trouver qui est ce mystérieux assassin masqué, pourquoi Nick a été attaqué, et ce qui se trouve sur le disque dur… qui n'est plus là où il l'a laissé.

Steve aperçoit dans le reflet quelqu'un qui se tient derrière lui en soufflant une bulle de chewing-gum. C'est Natasha

Romanoff ! Avec une rapidité surhumaine, Steve pivote et lui plaque les deux bras contre son corps avant de l'entraîner dans une salle voisine.

— Où est le disque ? siffle-t-il.

— En sécurité.

— Tu ferais mieux de…

Il ne peut terminer : Natasha se dégage et c'est lui qui se retrouve immobilisé contre le mur !

— Où as-tu trouvé ça ? demande-t-elle en sortant le disque de sa poche.

— Fury me l'a donné.

— Pourquoi ? insiste-t-elle, comme si elle lui en voulait.

— Je ne sais pas.

— Parce qu'il te faisait confiance, soupire-t-elle.

— Qu'y-a-t-il dessus ?

— Je ne sais pas.

— Difficile à croire, vu que c'est toi qui l'as d'abord volé sur le *Lemurian Star*, réplique Steve.

— Je donne l'impression de toujours

tout savoir, mais ce n'est qu'une couverture, Rogers.

— Tu sais qui a embauché les pirates ? demande Steve, soupçonneux.

— Non, répond-elle. Mais je sais qui a attaqué Fury.

Steve écarquille les yeux.

— La plupart des agences de renseignement ne croient pas à son existence. Les autres l'appellent le Soldat de l'Hiver. On lui prête plus de vingt-cinq assassinats sur les cinquante dernières années.

— Il n'a pas pu être en activité aussi longtemps, observe Steve.

— Vraiment ? Regarde-toi, rétorque Natasha.

Elle attend que cette remarque fasse son effet, puis continue :

— Il y a cinq ans, j'escortais un ingénieur nucléaire hors d'Iran. Quelqu'un a tiré sur mes pneus près d'Odessa. J'ai perdu le contrôle du véhicule et nous avons dévalé une falaise. Je nous ai sortis de là, mais… le Soldat de l'Hiver était là. Je protégeais l'ingénieur de mon corps. Alors, il lui a tiré dessus, à travers moi. Cartouche soviétique, pas de rayure.

Elle soulève son T-shirt et révèle une cicatrice sur son abdomen.

— Ça ne sert à rien de le traquer. J'ai essayé. C'est un fantôme, conclut-elle.

— Alors, que fait-on ?

— On découvre ce que veut le fantôme, déclare Natasha en montrant le disque dur.

Ils quittent l'hôpital, bondissent dans la voiture de l'agent et démarrent, déterminés à obtenir plus de réponses. Mais ils entendent soudain un bourdonnement au-dessus d'eux. Natasha se penche pour regarder, et ses yeux s'écarquillent de peur. Ce sont deux hélicoptères de haute technologie, et le Soldat de l'Hiver se trouve dans l'un d'eux !

Natasha ne pense qu'à survivre : elle tourne, freine et accélère, au cas où l'ennemi leur tirerait dessus. Steve se penche par la fenêtre et lance son bouclier vers l'hélicoptère. L'arme détruit le pare-brise en verre avant de revenir dans sa main.

Le second hélicoptère avance sous les ordres du Soldat de l'Hiver. Il se prépare à tirer sur eux avec un lance-missiles. Steve attrape Natasha. Ils sautent de la voiture au dernier moment : le pilote de l'hélicoptère appuie sur un bouton et deux missiles heurtent le véhicule, qui disparaît dans une explosion fracassante ! Steve et Natasha glissent sur le bouclier de Captain America et s'arrêtent enfin, sains et saufs.

Cachés par les flammes, les deux héros parviennent à s'échapper dans les bois pendant que les hélicoptères atterrissent. Le Soldat de l'Hiver et ses mercenaires descendent fouiller la carcasse à leur recherche, mais sans succès. Furieux que les agents du S.H.I.E.L.D. se soient enfuis avec le disque dur, le Soldat de l'Hiver cogne le véhicule de son bras métallique, et l'épave glisse sur la route.

Steve et Natasha sont en sûreté pour l'instant, mais ils ont besoin d'aide. Et Steve sait à qui la demander.

DOSSIER #14
Exo-7 Falcon

De retour de son jogging, Sam vide une bouteille de jus d'orange en quelques gorgées. Soudain, on frappe à sa porte. *Ce sont probablement des colporteurs*, pense-t-il. Mais lorsqu'il ouvre la porte, il découvre Steve et Natasha, à bout de souffle, le visage sale et les vêtements déchirés.

— Salut, dit-il, surpris.

— Désolé, mais on a besoin d'un endroit où se cacher, explique Steve.

Sam les fixe, sous le choc. Ce n'est pas

tous les jours que Captain America et Black Widow viennent vous demander de l'aide ! Il les invite enfin à entrer.

Bientôt, Steve sort de la douche et retrouve Natasha sur le canapé, perdue dans ses pensées. Il lui sourit et elle hausse un sourcil. Ils ont traversé beaucoup d'épreuves, mais au moins ils sont partenaires et se soutiennent mutuellement.

— Le petit déjeuner est prêt ! crie Sam de la cuisine.

L'odeur de bacon et d'œuf emplit l'appartement. Sam attrape des toasts grillés et les pose sur une assiette.

Les deux agents mangent sur la table où repose le disque. Steve fait confiance à Sam : il est lui aussi un soldat, et ils partagent un lien. Il n'hésite pas à lui raconter ce qu'il s'est passé avec Fury et le Soldat de l'Hiver. Steve ne peut pas affronter une armée tout seul, et lui et

Natasha commencent à manquer à la fois de réponses et de cachettes... Il demande à Sam de dissimuler le disque dans un endroit sûr. Personne d'autre qu'eux ne saura qu'il est ici.

Sam se sent honoré. Soudain, il laisse les deux agents à leur petit déjeuner et monte à l'étage pour fouiller dans un carton. Lorsqu'il en redescend, il jette un dossier sur la table.

— Qu'est-ce que c'est ? demande Steve.

— On va dire que c'est mon CV, répond Sam en souriant.

Natasha s'empare d'une photo de lui posant avec un autre soldat, devant des montagnes enneigées.

— Est-ce que c'est à Bakmala ? demande-t-elle. La mission Khalid Khadil, c'était vous ? Steve, tu ne m'as pas dit qu'il était parachutiste.

Steve lui prend la photo des mains.

— Et là, c'est Riley ?

Sam hoche la tête, stoïque.

— Je croyais que les hélicoptères ne pouvaient pas passer, à cause des lance-missiles, s'étonne Natasha. Qu'est-ce que vous avez utilisé ? Des combinaisons de camouflage ?

— Non. On a mis ça, répond Sam en montrant un dossier intitulé EXO-7 FALCON.

— Je croyais que tu étais pilote, murmure Steve.

— Je n'ai jamais dit ça, réplique Sam.

Steve secoue la tête. Cette mission est difficile. Mais Sam est un soldat, il a en lui ce qu'il faut. Ça pourrait peut-être marcher…

— Où peut-on se procurer une combinaison comme celle-ci ? demande Steve.

— Officiellement, les dernières sont à Fort Meade, derrière trois barrières gardées et des portes en acier épaisses de vingt-cinq centimètres. Mais il en reste une autre.

Sam lance un regard par la fenêtre en direction de la cabane du jardin. Steve et Natasha sourient. Ils vont pouvoir mettre leur plan à exécution.

DOSSIER #15
Le Faucon prend son envol

Des témoignages décrivant un homme qui vole au-dessus de la ville se multiplient à Washington. Ce n'est pas si incroyable, surtout après la bataille de New York avec les Avengers. Peut-être est-ce Iron Man, ou Thor ?

Mais cet homme-là est différent : il a des ailes.

Captain America et Black Widow bondissent de toit en toit sans effort, mais ils ont tout de même du mal à suivre leur nouvel ami.

Sam Wilson a enfilé sa combinaison ailée EXO-7 et se fait désormais appeler le Faucon. Il vole loin au-dessus d'eux. De temps en temps, il s'élève au-dessus des gratte-ciel pour observer la ville entière. Il recherche la moindre trace du Soldat de l'Hiver et de ses mercenaires. Tout semble calme, mais plus pour longtemps...

Le Faucon fait signe à ses amis : plusieurs hélicoptères se dirigent vers eux, armés de missiles et de lance-roquettes. Lorsqu'ils se rapprochent, Steve réalise que le Soldat de l'Hiver est à bord de l'un d'eux !

Les armes visent directement le Faucon. Captain America court plus vite que jamais en direction des hélicoptères : il bondit par-dessus des tuyaux et des toits, et glisse sur des corniches avec la grâce d'un jaguar. Il saute, le bouclier contre son épaule, et bloque les tirs.

Le pilote comprend qu'il lui faudra une attaque plus puissante pour détruire le fameux bouclier. Alors qu'il tourne pour rejoindre les autres, Captain America fait signe au Faucon de l'aider. Ils ne peuvent pas le laisser s'échapper !

Le Faucon descend en piqué, attrape le super-héros et le soulève au moment où les hélicoptères reviennent. L'un d'eux se dirige droit vers Black Widow. Un autre fait du sur-place tandis qu'à bord, le Soldat de l'Hiver adresse de grands signes au Faucon et à Captain America. Il veut se battre contre eux !

— Je m'en occupe ! crie Steve. Rattrape l'autre !

Le Faucon lâche son ami devant la portière de l'hélicoptère, dans lequel il se hisse, juste à côté du Soldat de l'Hiver, puis s'envole pour arrêter celui qui poursuit Black Widow. Mais un troisième engin lui tire dessus ! Le héros volant tourne sur lui-même et esquive les tirs sans difficulté. Il finit par semer son assaillant et sourit en fendant les airs dans sa combinaison EXO-7. Il n'a pas perdu la main !

DOSSIER #16
Un duel au sommet

À l'arrière de l'hélicoptère, Captain America fait face au Soldat de l'Hiver. Soudain, ce dernier lui assène un violent coup de poing, le faisant basculer dans le vide, droit vers les rues en contrebas ! Il heurte un bus et passe au travers du toit.

Steve titube entre les sièges. Il tente de retrouver son équilibre, mais le conducteur donne des coups de volant et vient cogner un véhicule en stationnement. Captain America vole à travers le bus !

Déterminé, le Soldat de l'Hiver saute à la poursuite de son ennemi. Au moment où il va l'attaquer, Black Widow passe à l'action. Elle vide son chargeur dans sa direction, mais le Soldat de l'Hiver bloque les balles de son bras métallique. Puis il soulève son lance-roquettes. Black Widow écarquille les yeux et bondit derrière un break pour éviter l'explosion.

BOUM ! Elle esquive une nouvelle déflagration, lance un grappin vers le pont d'une autoroute et se balance jusqu'à une rue plus bas.

Les autres hélicoptères atterrissent, et des dizaines de mercenaires en sortent. Le Soldat de l'Hiver leur ordonne de pourchasser Captain America, toujours coincé dans le bus, pendant qu'il s'occupe de Black Widow.

Steve se redresse, choqué. C'était une belle cascade, mais il n'est pas gravement blessé. Il cherche son bouclier et ne le voit nulle part. Il a dû le perdre dans sa chute... Soudain, il entend le « *clang* » de mitrailleuses en train d'être chargées !

— À terre ! Maintenant ! ordonne Captain America en voyant le conducteur tenter de quitter son bus.

L'homme se jette au sol et le super-héros court le long de la travée pour éviter les tirs qui détruisent l'arrière du véhicule. Il bondit au-dehors… et atterrit à deux pas de son bouclier ! Il veut le récupérer, mais un mercenaire qui l'attendait lève son arme…

WHOOSH ! Le Faucon est descendu en piqué pour assommer le mercenaire. Sam et Steve échangent un regard, puis le Faucon repart dans les airs pour continuer le combat. Captain America sourit. Finalement, accepter la candidature de Sam était une bonne idée !

Un nouveau « *clang* » retentit, et il se tourne juste à temps : une avalanche de balles s'écrase sur son bouclier, le forçant à reculer d'un pas. Puis, appuyant son bouclier contre son épaule, il avance face au feu d'une mitrailleuse !

Au bas de la rue, le Soldat de l'Hiver serre les poings de frustration. Il marche jusqu'à une intersection. Tout est calme, excepté quelques véhicules abandonnés, le moteur allumé. Une sirène hurle et une voiture de police surgit au coin de la rue avant de freiner brutalement. Deux agents armés en sortent, mais le Soldat de l'Hiver tire sans hésiter avec son lance-roquettes. Le véhicule explose en une boule de feu ! Les policiers fuient à couvert tandis que les piétons cherchent un abri. Le Soldat lance une boule argentée sous un camion… où se cachait Black Widow ! Elle roule de côté et se glisse sous un autre véhicule. Une seconde plus tard, le camion explose. Des débris tombent partout, transformant la rue en zone de guerre.

Le Soldat regarde l'endroit où Black Widow a plongé quelques secondes plus tôt, mais il est désert. Elle l'a silencieusement contourné et, une seconde plus tard, elle bondit sur lui.

— Ça ne finira pas comme à Odessa ! gronde-t-elle en activant sa Morsure de l'Araignée.

Les crocs se plantent dans le bras de métal et l'électrifient, ce qui désactive un instant les circuits. Surpris et furieux, le Soldat regarde son membre impuissant pendant que Black Widow s'enfuit de nouveau.

Près du bus, Captain America avance toujours, malgré les rafales de la mitrailleuse. Les mercenaires se relaient pour la recharger, mais le Faucon descend et les enlève un par un. Bientôt, la mitrailleuse n'a plus de munitions.

Clic. L'homme qui tirait en reste bouche bée, et Captain America l'assomme d'un coup.

Des passants cachés derrière un immeuble ou une voiture jettent un coup d'œil à la scène, curieux de vérifier si la voie est libre. Black Widow traverse le carrefour en courant, pourchassée par le Soldat de l'Hiver.

— Cachez-vous ! crie-t-elle aux spectateurs.

Avec tout ce qui se passe autour d'elle, sa priorité est de s'assurer qu'aucun innocent ne soit blessé. Elle fuit derrière une voiture, mais une bille de métal vient s'écraser sur le capot. Elle n'a pas le temps de réagir que le pare-brise explose ! Elle atterrit sur le pavé avec une grimace de douleur. Derrière elle, à moins de vingt mètres, le Soldat de l'Hiver continue à se rapprocher. Black Widow lève son bracelet, mais son adversaire sort son arme et tire le premier. Elle esquive... et se retrouve sous la voiture, sans issue pour s'enfuir.

Le Soldat de l'Hiver escalade l'automobile et regarde sa proie blessée. Black Widow ne peut plus se protéger. C'est la fin...

Mais Captain America, bouclier levé, se jette soudain sur le Soldat de l'Hiver ! Son cri de guerre s'étouffe dans sa gorge lorsque l'ennemi se retourne et cogne son bras de métal contre le bouclier.

Tous deux volent en arrière sous la violence de l'impact. Le Soldat lève son arme et vide son chargeur sur le super-héros. Puis il bondit et lui arrache son précieux bouclier des mains ! Il sort un autre revolver, mais Captain America lui bloque le bras et l'arme glisse sous une voiture. Ils combattent alors avec acharnement, dans une lutte sans merci. Lorsque le Soldat recule et brandit un couteau, Captain America esquive l'attaque et finit par le désarmer.

D'autres sirènes résonnent, et des dizaines de véhicules du SWAT et de l'armée arrivent pour encercler la zone du combat épique entre Captain America et le Soldat de l'Hiver. Les hélicoptères volent juste au-dessus, et de nombreux habitants sortent de leur cachette pour regarder l'incroyable bataille.

Captain America et son adversaire commencent à faiblir mais aucun ne veut céder. Le Soldat de l'Hiver dégaine plusieurs sphères de métal, qu'il jette sur Steve, mais le vibranium du bouclier tient bon et le protège, comme toujours ! Sous l'impact, il est projeté contre une voiture, de l'autre côté de l'intersection.

Le Soldat avance pour lui donner un coup de poing. Steve se relève juste à temps, l'attrape et le projette par-dessus sa tête ! Sa main agrippe une partie du masque de l'ennemi et l'arrache. Le Soldat atterrit sur le béton.

— Bucky ?! murmure Steve, stupéfait.

Il y a plus étrange encore : cela fait cinquante ans qu'il n'a pas vu son ami d'enfance, mais celui-ci n'a pas changé du tout.

— Qui diable est ce Bucky ? demande le Soldat en regardant Steve sans comprendre.

Captain America baisse son bouclier, hésitant. Le Soldat saisit sa chance de s'enfuir ! Il bondit sur le toit d'une voiture, saute de toutes ses forces et attrape le train d'atterrissage d'un hélicoptère qui s'éloigne aussitôt.

Steve ne peut plus bouger, Black Widow est blessée, et le Faucon aide les habitants coincés sous les ruines.

Dans le chaos général, la police tente de rétablir l'ordre. Mais Captain America est sûr d'une chose : il reverra Bucky. Et la prochaine fois, il obtiendra des réponses.

CONCLUSION

À : Agent [redacted], S.H.I.E.L.D.
De : Agent Sitwell

Le Conseil de sécurité mondial aimerait avoir un rapport complet sur les briefings mentionnés. Alexander Pierce sera présent, assurez-vous de la qualité de votre présentation. Et, si je me réfère au passé, Fury fouillera vos dossiers dans les moindres détails ; donc, à votre place, je vérifierais qu'ils sont parfaits. Le Conseil cherchera des réponses. C'est à vous de les lui donner. Merci de faire suivre votre rapport à Maria Hill, une fois présenté. En attendant, le S.H.I.E.L.D. continuera de collecter des données. Nous pensons que nous sommes loin d'en avoir fini avec ce Soldat de l'Hiver et son équipe de mercenaires. Heureusement que nous avons un super-soldat de notre côté...

Cordialement,

Agent Sitwell

RETROUVE LES SUPER-HEROS LES PLUS IMPRESSIONNANTS EN BIBLIOTHEQUE VERTE

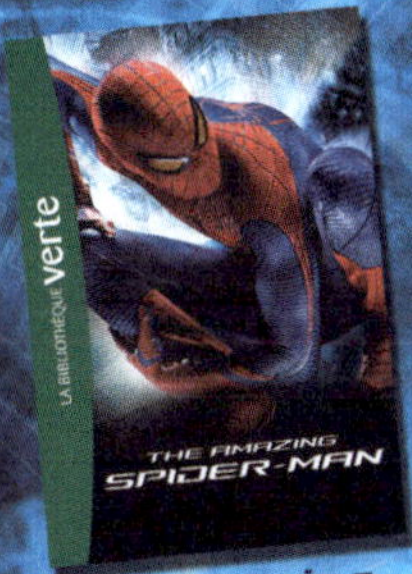

The Amazing Spider-Man

Thor

Thor - Le monde des ténèbres

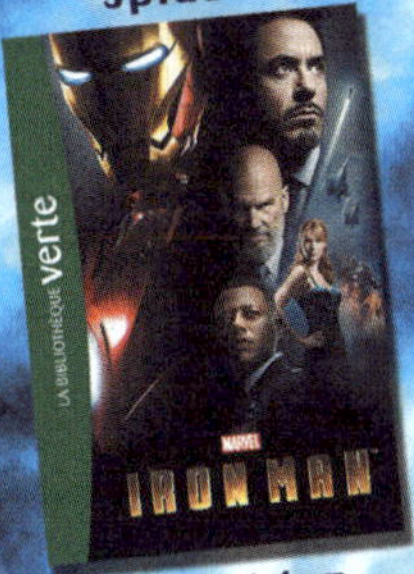

Iron Man

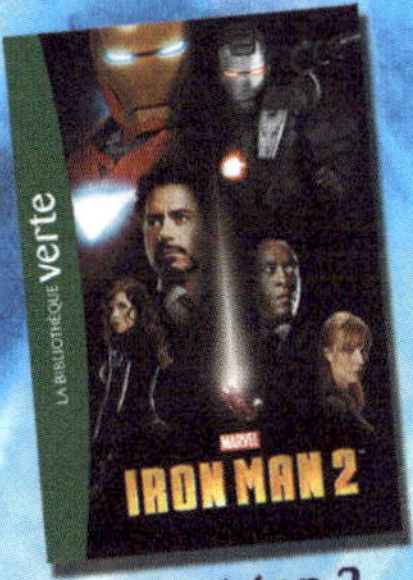

Iron Man 2

Iron Man 3

Avengers

Captain America - First Avenger

Pour tout savoir sur tes héros préférés, fonce sur le site

www.bibliotheque-verte.com

TABLE

PAPIER À BASE DE FIBRES CERTIFIÉES

hachette s'engage pour l'environnement en réduisant l'empreinte carbone de ses livres. Celle de cet exemplaire est de : 500 g éq. CO_2
Rendez-vous sur www.hachette-durable.fr

Photogravure Nord Compo - Villeneuve d'Ascq

Imprimé en Roumanie par G. Canale & C. S.A.
Dépôt légal : mars 2014
Achevé d'imprimer : mars 2014
20.4477.4/01 – ISBN 978-2-01-204477-7
Loi n° 49956 du 16 juillet 1949
sur les publications destinées à la jeunesse